VENTE APRÈS DÉCÈS

des 5, 6, 7 & 8 Juin 1866.

OBJETS D'ART

CURIOSITÉS, TABLEAUX, TAPISSERIES

LIVRES

MEUBLES ET VINS

dépendant de la succession de feu

M. AUGUSTE AVOND

AVOCAT A LA COUR IMPÉRIALE DE PARIS

EXPOSITION PUBLIQUE

Le Lundi 4 Juin 1866, de une heure à cinq heures.

Me CHARLES PILLET, Commissaire-Priseur

MM. FEBVRE & LAVIGNE, Experts

Mr Hertzer

RENOU & MAULDE

IMPRIMEURS DE LA COMPAGNIE DES COMMISSAIRES-PRISEURS

Rue de Rivoli, 144.

CATALOGUE

DES

OBJETS D'ART

ET

DE CURIOSITÉ

TABLEAUX, TAPISSERIES, LIVRES, MEUBLES

VINS FINS ET ORDINAIRES

DÉPENDANT DE LA SUCCESSION DE FEU

M. Auguste AVOND

AVOCAT A LA COUR IMPÉRIALE DE PARIS

Faïences italiennes, françaises, Hollandaises & autres;
Vases antiques, étrusques;
Bronzes, Porcelaines diverses, Objets chinois;
Meubles d'art, Vitraux, anciennes Tapisseries;
Environ 60 Tableaux des diverses Écoles;
Objets divers;
Bibliothèque très-nombreuse composée d'ouvrages de Droit & de Littérature;

DONT LA VENTE AUX ENCHÈRES PUBLIQUES AURA LIEU

APRÈS DÉCÈS

HOTEL DROUOT

SALLE N° 1

Les Mardi 5, Mercredi 6, Jeudi 7 & Vendredi 8 Juin 1866

A UNE HEURE ET DEMIE

Par le ministère de Mᵉ Charles PILLET, Commissaire-Priseur, rue de Choiseul, 11,
Assisté, pour les Curiosités, de M. FEBVRE, Expert, rue Laffitte, 12,
Et pour les Livres, de M. LAVIGNE, Libraire, rue de Trévise, 38,
CHEZ LESQUELS SE DISTRIBUE LE PRÉSENT CATALOGUE.

EXPOSITION le Lundi 4 Juin 1866, de 1 heure à 5 heures.

PARIS — 1866

CONDITIONS DE LA VENTE

Elle sera faite au comptant.

Les Acquéreurs paieront CINQ POUR CENT en sus du prix d'adjudication,

---

L'Exposition mettant le public à même de se rendre compte de l'état des Objets, il ne sera admis aucune réclamation une fois l'adjudication prononcée.

NOTA. Les Livres seront vendus à l'Hôtel Drouot, *le Mercredi 6 juin 1866*, à 7 heures du soir. (Voir le Catalogue spécial.)

Les Vins et Meubles ordinaires seront vendus, *le Vendredi 8 juin*, à l'Hôtel Drouot, salle n° 8, au rez-de-chaussée.

DÉSIGNATION

DES OBJETS

PREMIÈRE VACATION

FAIENCES ITALIENNES, FRANÇAISES & ITALIENNES

1 — Urbino. Coupe à couvercle ornée de deux sujets de la Vierge et de Jésus.

2 — Id. Coupe avec le sujet d'Adam et Ève et Dieu le Père.

3 — Plaque en bas-relief, avec le sujet de la Sainte-Famille.

4 — Id. Plat avec le sujet de Joseph et Putiphar.

5 — Id. Bénitier avec portique ogival : le sujet de l'Assomption de la Vierge.

6 — Id Plat avec le sujet de saint Jérome.

7 — Id. Plat orné de trophées ; au centre, un Amour.

8 — Id. Plat ondulé, orné d'arabesques et d'Amours.

9 — Id. Plat : Vénus demandant à Vulcain des armes pour son fils Énée.

10 — Id. Plat : Jésus délivrant des âmes du purgatoire.

11 — Id. Plat : Jupiter et Danaé.

12 — Id. Plat : la Reine de Saba devant Salomon.

13 — Urbino. Plat : Deucalion et Pyrrha, repeuplant la terre.

14 — Id. Corbeille à jour ; au centre, un Amour.

15 — Faenza. Cuppa amatoria, ornée d'une frise sur fond bleu ; au centre, un tête de guerrier.

16 — Id. Cuppa amatoria, petit plat d'accouchée, décor de feuillages blancs sur fond bleu ; au centre, une armoirie.

17 — Plat à arabesques et mascarons gris sur fond bleu.

18 — Plat avec portrait de femme ; sur une banderole on lit : *Marta-Bella.*

19 — Pesaro. Grand plat ; au centre, buste de femme ; elle tient une banderole sur laquelle on lit : *Semper-Inops-Cupitit ;* bordure verte à feuillages.

20 — Id. Plat à reflets métalliques, orné de frises et des sujets de l'archange Michel terrassant le démon.

21 — Id. Beau vase cylindrique, orné de frises, d'attributs et de médaillons de guerriers ; monture en bois sculpté.

22 — Id. Deux bouteilles ornées de figures mythologiques ; montures en bois sculpté.

22 bis — Id. Vase orné de rinceaux en couleur et de figures mythologiques.

23 — Id. Deux vases ornés de rinceaux et de figures de guerriers.

24 — Id. Très-beau plat à reflets ; au centre, un buste de femme.

25 — Id. Vase ovoïde, décor à rinceaux bustes de personnages.

26 — Id. Plat creux, avec tête de Pallas, décor jaune sur fond bleu, avec inscriptions : *Marfi-Sa.*

27 — Plat creux, avec buste de jeune homme tenant une urne.

28 — Plat à ombilic, avec buste de Pallas.

FAIENCES : FABRIQUE DE CASTELLI

29 — Quatre belles plaques représentant les quatre Saisons; pièces rares.

30 — Plaque : la Mort de saint Joseph.

31 — Id. le Triomphe de Neptune.

32 — Id. Moïse sauvé des eaux.

33 — Id. La Fuite en Égypte.

34 — Id. Le Roi David chantant ses hymnes.

35 — Id. Une Scène du Massacre des Innocents.

36 — Petit plat avec chasseurs.

37 — Trois petits plats avec Amours.

38 — Plat avec paysage et ruines.

39 — Quatre plats avec sujets d'Amours.

40 — Plaque, sainte Véronique présentant le Suaire à Jésus.

41 — Plat avec sujet.

42 — Plat avec Amours sur des nuages.

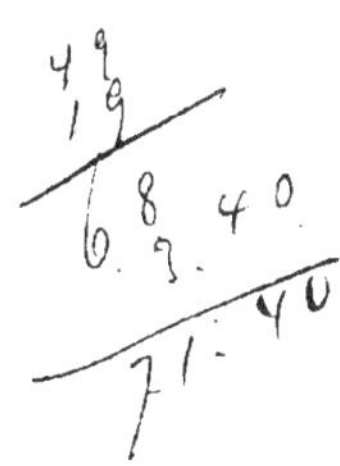

43 — Plat : la Vierge, Jésus et l'ange Gabriel.

44 — Plat : Chrétienne amenée devant un tyran.

45 — Plat : Jésus trahi par Judas.

46 — Plat : Jésus mort et les saintes femmes.

47 — Plaque : Scène pastorale.

48 — Plaque : avec pâtres et animaux.

49 — Plaque: Amours dans les airs soutenant des guirlandes de fleurs.

50 — Id. Trois amours dans un paysage.

50 — Id. Paysage avec ruines.

51 — Id. La Mort d'Abel.

53 — Quatre petits plats, avec sujets villageois.

54 — Le Triomphe de la Vierge.

55 — Deux bustes de femmes.

56 — Plaque : la Conversion d'un empereur païen.

57 — Quatre plaques: sujets de l'Histoire sainte.

58 — Plaque, avec le sujet de Danaé.

59 — Plaque: l'Ivresse de Bacchus.

60 — Plaque: le Supplice de Marsyas.

61 — Plateau: le Triomphe de Bacchus.

62 — Trois plaques, deux avec paysages, une autre avec animaux, d'après Berghem.

63 — Plat à feuilles en relief, avec le sujet d'Abraham et son fils.

64 — Quatre vases ornés du sujet de saint Martin donnant son manteau à un pauvre.

65 — Plat avec le sujet d'Hercule dans le jardin des Hespérides.

66 — Plat: Polyphème et Galathée.

67 — Plat orné d'un paysage.

68 — Dix petits plats, avec Amours dans des paysages.

69 — Pot orné de deux sujets : Petits dénicheurs d'oiseaux.

70 — Cinq plaques avec sujets mythologiques et profanes.

71 — Plaque : la Vierge et le Christ mort.

72 — Grande plaque : Paysans fuyant un incendie.

73 — Plaque : Bacchus couronnant Ariane.

74 — Coupe à jour, ombilic avec tête de femme.

75 — Corbeille à fruits à jour ; au centre, une Sainte.

76 — Plat, avec figure de la Justice.

77 — Deux plaques avec sujets dans la manière de Lancret.

78 — Petit plat.

79 — Castel-Durante. Plat à piédouche ; au centre, le portrait d'un cardinal.

80 — Id. Plat à arabesques ; au centre, un Amour.

81 — Id. Plat orné d'arabesques et du sujet d'Actéon changé en cerf.

82 — Id. Plat à décor d'arabesque ; au centre, un Amour.

83 — Id. Plat à arabesques, avec sujet de Vénus et l'Amour.

FAIENCES ITALIENNES DE DIVERSES FABRIQUES

83 bis — Pot à goulot, orné de deux bustes d'hommes.

84 — Plateau orné d'arabesques ; au centre, un Amour.

85 — Plaque, sujet de Jésus flagellé.

86 — Vase cylindrique, orné de rinceaux et d'une tête de guerrier.

87 — Autre vase même genre, mais plus petit.

88 — Plat : les Jeux corinthiens.

89 — Plat, avec soldats luttant.

90 — Deux pots à goulots, décor polychrôme, anses à dragons.

91 — Deux vases à fleurs, décor bleu à médaillons de personnages.

92 — Ancienne buire.

93 — Plat orné de figures.

94 — Un autre : l'Annonciation.

95 — Figurine en émail blanc : Vénus couchée.

96 — Plusieurs plats de décors divers seront vendus sous ce numéro.

97 — Pot à goulot, décor d'arabesques.

98 — Plat, avec le sujet de la Fuite en Égypte.

99 — Deux vases à goulots, ornés de médaillons à figures mythologiques.

100 — Hispano-Arabes. Plat à reflets métalliques.

101 — Palissy. Plat avec le sujet du Massacre des Innocents.

102 — Palissy. Plat rond avec le sujet de Persée et Andromède.

103 — Palissy. Plat rond à mascarons.

104 — Marseille. Bénitier, avec la Vierge et l'Enfant Jésus.

105 — Id. Plat avec décor de fleurs.

106 — Id. Grand vase orné de fleurs ; monture en bois doré.

107 — Marseille. Vase sur un rocher, avec fleurs en relief.

108 — Rouen. Cuvette à décor chinois..

109 — Marans. Pot à surprise, orné d'un médaillon avec cerf.

110 — Marans. Grand plat avec sujets de chasse.

111 — Lorraine. Saucière.

112 — Avignon. Pot à anses, émail brun.

113 — Id. Autre pot avec sujet mythologique en relief sur émail brun.

114 — Nevers. Grande potiche, beau décor bleu.

115 — Id. Jardinière, décor blanc sur fond bleu, anses tordues.

116 — Moustier. Plat, décor genre Callot.

117 — Delft. Petite tasse à décor bleu.

118 — Id. Deux cornets, décor bleu sur fond blanc.

119 — Id. Deux vases et deux cornets ornés de sujets chinois en couleur sur fond gris.

120 — Delft. Garniture de trois vases à huit pans, décor bleu.

121 — Delft. Deux pyramides, même genre.

122 — Id. Vase; monture en bois sculpté.

123 — Id. Deux bouteilles à décor de personnages chinois.

124 — Delft. Plat orné d'un vase de fleurs.

125 — Id. Beau plat imitant le décor émaillé de la famille Verte.

126 — Delft. Deux coupes ornées de peintures avec vases chine.

127 — Plat; beau décor de fleurs et d'oiseaux.

128 — Pot fond bleu jaspé avec perroquet perché.

129 — Vase orné de fleurs et de fruits en relief.

130 — Plat avec le sujet de l'Arbre d'amours (1754).

131 — Trois vases à couvercles avec branches et fleurs en relief.

132 — Pot avec ornements saillants en émaux brun et vert, genre Palissy.

133 — Quantité de médaillons, plaques et autres objets en faïence de fabriques diverses seront vendus sous ce numéro.

PORCELAINES DE SAXE

134 — Un plateau, deux tasses et une théière en ancienne saxe, décor de fleurs.

135 — Groupe, deux canards se béquetant.

136 — Plat en saxe gaufré, décor chinois.

137 — Grand vase en saxe orné de frises et de fleurs, anses à têtes de satyres.

138 — Figurine : Joueur de cornemuse.

139 — Quatre petites figurines.

140 — Groupe de moissonneurs.

141 — Perroquet perché.

142 — Une théière, un pot au lait et une tasse en ancien saxe.

143 — Trois assiettes en saxe et en haguenau.

144 — Tabatière saxe, avec sujet, genre de Lancrey.

145 — Une autre avec personnages et marine.

146 — Une autre ornée de bouquets de fleurs.

147 — Une autre avec le sujet de David.

148 — Autre avec décor d'oiseaux.

149 — Une autre décorée de fleurs; à l'intérieur, le Sommeil de Diane.

150 — Une autre et sujets.

151 — Deux petites soucoupes, décor de fleurs.

DEUXIÈME VACATION

PORCELAINES DIVERSES

152 — Sèvres. Tasse en sèvres pâte tendre, décor de fleurs.

153 — Sèvres. Vase en pâte dure, anses à anneaux détachés à jour.

154 — Sèvres. Petit sucrier, orné de fleurs et de fruits.

155 — Tasse en sèvres pâte dure, décor de paysages.

PORCELAINES DE LA CHINE, DU JAPON ET AUTRES

156 — Deux grandes potiches en porcelaine de la Chine, décor bleu.

157 — Deux vases en chine à quatre pans, décor bleu.

158 — Plusieurs tasses chine ornées d'inscriptions et de mandarins.

159 — Tasse à thé en chine, famille Verte.

160 — Plateau chine à fleurs émaillées.

161 — Assiette, décor de la famille Verte à oiseaux fleurs.

162 — Deux petits coqs en japon.

163 — Plat du Japon, décor bleu.

164 — Grand plat en porcelaine de l'Inde.

165 — Deux carpes chine, décor en couleur.

166 — Deux dragons chine, décor en couleur.

167 — Deux coqs, id. id.

168 — Deux plus petits, chine, décor en couleur.

169 — Carpe porte-allumettes, id.

170 — Plat chine à fleurs émaillées.

171 — Plat japon, décor de couleur.

172 — Petite figure de Magot en porcelaine de Chine.

173 — Aiguière, chine; monture en bronze.

174 — Plusieurs assiettes en porcelaine de la Chine et du Japon.

175 — Deux potiches en japon.

176 — Théière en chine ayant la forme d'une poire.

177 — Deux petits vases, montures en bronze doré.

178 — Deux oiseaux en porcelaine de Chine.

179 — Deux petites tasses, chine, à pans.

180 — Deux cornets en porcelaine de Chine; montures en bronze.

181 — Bourdalou en Japon.

182 — Plusieurs assiettes, tasses et autres pièces en porcelaine de la Chine et du Japon. Seront divisés.

183 — Deux grands et beaux plats chine, décor de personnages en rouge de cuivre.

184 — Très-beau plat de la famille Verte; au centre, un dragon.

185 — Deux vases japon; monture en bronze.

186 — Id. id.

PORCELAINES DIVERSES

187 — Garniture de trois vases ornés de bouquets en camaïeu brun.

188 — Jardinière; monture en fer forgé et doré.

189 — Deux petits coquetiers, décor de fleurs.

190 — Douze tasses en porcelaine de diverses fabriques.

191 — Groupe en biscuit : trois Amours.

192 — Sucrier en pâte tendre de Villeroy.

193 — Deux coupes en porcelaine tendre de Saint-Amand, décor à médaillons de fleurs et d'oiseaux.

194 — Deux jardinières en porcelaine moderne.

195 — Deux corbeilles de surtout en porcelaine de l'époque de l'Empire. Elles sont décorées de caryatides debout sous des niches.

196 — Plusieurs fruits en porcelaine; serre-papier.

197 — Chèvre en biscuit de porcelaine.

198 — Deux assiettes en porcelaine : trompe l'œil.

199 — Deux petits vases en porcelaine anglaise.

200 — Vase en porcelaine allemande, orné de frises en relief. Anses à mascarons; monture en bois sculpté.

VASES ANTIQUES ÉTRUSQUES & AUTRES

201 — Deux grands et beaux vases antiques étrusques en terre peinte. Sur l'un est un personnage assis tenant une coupe, un homme et une femme lui offrent des présents; de chaque côté sont les figures de Bacchus et de Cérès; au revers, trois personnages debout et drapés.

202 — Autre vase, même genre que le précédent.

203 — Vase étrusque en terre peinte, orné d'une tête de femme et de guirlandes.

204 — Quatorze autres vases ou coupes étrusques ou modernes. Seront divisés.

205 — Vase étrusque en terre peinte, orné de médaillons de personnages et de feuilles de lotus.

206 — Grand et beau vase antique étrusque à anses élevées, en terre peinte, offrant Minerve assise, à laquelle Bacchus et Flore offrent des présents.

207 — Vase antique romain en terre blanche, surmonté de plusieurs figures de femmes drapées; sur le devant un cheval à mi-corps. Au revers, le masque de Jupiter.

208 — Vase étrusque orné de figures et de palmettes.

209 — Vase en terre peinte, genre étrusque.

210 — Grand vase étrusque en terre peinte, orné de personnages antiques drapés.

211 — MEXICAIN. Vase à anses en terre peinte.

ÉMAUX DE LIMOGES & AUTRES

212 — LIMOGES, XVIe siècle. Plaque. L'Annonciation.

213 — Deux émaux allemands. Scènes galantes.

214 — Médaillon en émail de Limoges. Une tête de vieillard.

215 — Émail moderne. Jésus, les apôtres et la Madeleine.

216 — XVIe siècle. Plaque. La Naissance de la Vierge.

217 — Deux plaques. Le Christ flagellé et le Christ mort.

218 — Email par Laudin. Le buste de la Vierge; cadre en bois sculpté.

219 — Deux autres. La Vierge et Jésus.

220 — Deux médaillons en émail de Limoges. Guerriers montés sur des chevaux caparaçonnés.

221 — Par Nouailler, gobelet avec les médaillons de Sémiramis et d'Arthémise.

222 — Plaque. Le Christ et les saintes Femmes.

VITRAUX

223 — Vitrail suisse offrant au centre des personnages assistant à un baptême; autour, six médaillons à sujets et armoiries.

224 — Ancien vitrail. Saint Christophe portant l'Enfant Jésus.

225 — Vitrail moderne. La Naissance de la Vierge.

226 — Vitrail suisse. Femme présentant à boire à un soldat.

227 — Vitrail suisse avec armoiries.

228 — Vitrail suisse avec deux personnages, dans la manière d'Holbein.

229 — Vitrail moderne. Saint Mathieu tenant un glaive.

OBJETS DIVERS

230 — Grand bas-relief en terre cuite représentant la Vierge et Jésus, genre de Donatello.

231 — Haut-relief ancien en albâtre; la Cène.

232 — Six figurines en terre cuite, travail italien.

233 — Cadre contenant trois petits émaux de Limoges, de petits portraits sur cuivre et des miniatures.

234 — Coffret italien en bois noir orné de branches en bronze et de fruits en matières dures.

235 — Petit coffret en os, travail italien.

236 — Coffret en laque burgauté.

237 — Coffret Louis XIII en bois sculpté, orné d'appliques en cuivre.

238 — Deux verres calices en verre de Bohême, avec sujets gravés.

239 — Vase calice en verre de Bohême gravé.

240 — Bouteille en verre de Venise filigrané.

341 — Deux vases en porcelaine montés en candélabres à trois lumières.

242 — Masse d'arme à huit ailerons, hampe en bois.

243 — Ancienne boîte en cuivre avec chaînettes à grelots.

244 — Plusieurs armes orientales, sabres, cris smalais, etc.

245 — Ancienne musette en ébène et ivoire.

246 — Statuettes chinoises en pierre de lard.

247 — Statuette chinoise en pierre de lard.

248 — Petit meuble hollandais en bois incrusté; quinze tiroirs.

249 — Jardinière en bois sculpté orné de médaillons.

250 — Buste de Christ, terre cuite italienne du XVIe siècle; cadre en bois sculpté.

251 — Buste de Christ, ancienne sculpture italienne en bois peint et doré.

252 — Petit bénitier en cuivre repoussé, orné de têtes d'anges.

253 — Plat en bronze, avec frise à jour.

254 — Deux petites étagères en bois peint et doré. Travail indien.

255 — Petite lanterne algérienne.

256 — Le bain de Diane, d'après Titien, peinture sur soie.

257 — Petite étagère en bois tourné à quatre tablettes.

258 — Environ trente supports en bois sculpté, orné de têtes et de feuillages.

259 — Environ vingt autres plus petits même genre.

260 — Deux petits candélabres à quatre lumières en bois peint et doré.

261 — Boîte en écaille incrustée et montée en argent.

262 — Deux anciennes bouteilles, en terre émaillée.

263 — Râpe à tabac en ivoire sculpté.

264 — Vase en verre, genre antique romain.

265 — Coupe en verre de Venise, monture en bronze doré.

266 — Nécessaire de toilette en bois sculpté, muni de ses accessoires.

267 — Coffret en bois sculpté, les panneaux couverts en ancienne tapisserie à la main.

268 — Petite coupe en verre filigrane de Venise.

269 — Plusieurs boîtes à cigares. Seront divisées.

270 — Boîte à cigares ayant la forme d'un livre.

271 — Environ cinquante cannes en bois divers, poignées ou têtes en porcelaines anciennes de Saxe, de Chine, de Chantilly, etc. Seront divisées.

272 — Cave à liqueurs en bois sculpté, munie de ses flacons garnis en argent, avec tasse et soucoupe en vermeille.

273 — Vase en cristal taillé, monture en bronze.

274 — Pot en ancien grès allemand orné d'inscriptions et douze apôtres en relief et émaillés en couleur.

275 — Plaque en ivoire gravé, époque Louis XIV, représentant un soldat armé.

BRONZES, PENDULES & MEUBLES

276 — Deux bras Louis XVI, en bronze doré, deux lumières.

277 — Encrier en bronze.

278 — Pendule Louis XVI en marbre blanc et bleu turquin, ornée de bronzes.

279 — Quatre appliques, tiges à deux lumières.

280 — Par Mène. Deux petits chevaux en bronze.

281 — Deux petits bougeoirs rocaille en bronze doré; ils sont avec terrasse et figurines en porcelaine de Chine.

282 — Urne cinéraire en bronze, style antique égyptien.

283 — Pendule religieuse avec socle, ornée de filets en cuivre sur écaille rouge; le devant à colonnes plates et tablier.

284 — Grand meuble en bois sculpté, le haut avec vitrine, le bas avec bas-relief d'oiseaux.

285 — Jardinière en faïence moderne; monture en bois.

286 — Deux supports en bois sculpté, avec bustes d'anges.

287 — Lustre à douze lumières, partie en bronze, partie en bronze doré.

288 — Meuble à deux vantaux en laque noir, avec décor à personnages chinois en rehauts d'or.

289 — Support en laque noir.

290 — Petit tabouret en bois sculpté.

291 — Grand coffret à cigares ayant la forme d'un chalet. Pièce en bois sculpté, travail suisse.

292 — Meuble dressoir en bois sculpté à tiroirs et tablettes apparentes.

293 — Un autre, même genre.

294 — Table en bois sculpté, pieds à volutes.

295 — Table ronde en bois sculpté, travail suisse. Elle est ornée de peintures de paysages et de femmes, avec costumes des Cantons.

296 — Bureau style Louis XV en bois de rose, orné de bronzes.

297 — Vases en chine, décor émaillé; ils sont montés en lampes et garnis de bronzes.

298 — Console, support en bois sculpté et doré.

299 — Guéridon, le dessus en faïence italienne décorée d'un sujet dans la manière de Raphaël : la Vierge, Jésus et le petit saint Jean.

300 — Grand plat en saxe monté en guéridon, le pied partie bois, partie porcelaine.

301 — Deux appliques en fer doré ornées de fleurs en porcelaine; deux lumières.

302 — Petite table en bois sculpté ornée de plaques en faïence.

TAPISSERIES FLAMANDES

303 — Grande tapisserie de Flandres : L'Été.

304 — Une autre : Le Triomphe de Cérès.

305 — Une autre : Oiseaux dans un paysage.

306 — Sous ce numéro, grande quantité d'objets non catalogués.

TROISIÈME VACATION

TABLEAUX ANCIENS ET MODERNES

BELDEMAKER

307 — Biches dans un paysage.

BLANCHARD

308 — Tête de vestale dans un encadrement peint soutenu par deux Amours.

BREUGHEL (Genre de P.)

309 — Personnages antiques dans un paysage.

BRIL (Paul)

310 — Paysage boisé.

CICERI (E.)

311 — Paysage. (Aquarelle.)

CERQUOZZI (Michel-Ange des Batailles.)

312 — Fruits et divers objets. Deux pendants.

DOLCI (D'après Carlo)

313 — Buste de la Vierge.

EYCK (Van)

314 — La Vierge et l'Enfant Jésus.

GUIRLANDAIO (École de)

315 — Sainte tenant un calice.

HALS (Attribué à François)

316 — Portrait d'une jeune fille hollandaise, de trois quarts, à droite; colerette à fraise, robe noire à corsage, les deux mains apparentes, la droite tient des gants.

HERP (Van)

317 — Jésus et la samaritaine; figures de grandeur naturelle.

JADIN

318 — Tête de chien boule-dogue.

LAGRENÉE

319 — Tête de jeune homme.

LEPRINCE (Attribué à)

320 — Tête de jeune fille.

MANTAIGNE

321 — Buste de christ, peinture sur fond or.

MOULIN (L.)

322 — Paysage. (Aquarelle).

NOLAU

323 — Ville normande. (Aquarelle).

OSTADE (École de Isaac)

324 — Intérieur rustique avec personnages préparant des aliments.

PARMESAN

325 — Déesse et Amours.

RAPHAELINO (Del Garbo)

326 — La Vierge, Jésus et le petit saint Jean.

327 — La Vierge et saint Jean adorant Jésus.

REMBRANDT (Genre de)

328 — Portrait de Rembrandt représenté en buste.

ROSA DE TIVOLI

329 — Pâtres gardant des animaux.

ROTHENAMER & VAN KESSEL

330 — La Vierge et l'Enfant Jésus; médaillon entouré de fleurs.

SCHUTZ (de Francfort)

331 — Paysage; site montagneux.

UTRECTHT (Van)

332 — Oiseau de proie fondant sur des oiseaux aquatiques et autres.

333 — Oiseaux de basse-cour; belle qualité du maître.

WILLEMS

334 — Oiseaux morts.

VLIET (Tcrent)

335 — Savant consultant un livre.

336 — Femme âgée. Pendant du précédent.

VERKOLIE

337 — Matrone présentant une vieille femme à un vieillard.

ZURBARAN

338 — Tête de vierge.

GRECCO-RUSSE

339 — Deux saints peints sur fond or.

340 — La Vierge et Jésus.

341 — La Vierge et Jésus.

ÉCOLE ITALIENNE

342 — Six peintures sur albâtre représentant des saints; cadres à jour en bois sculpté et doré.

343 — La Vierge au croissant; cadre en ébène orné d'appliques en cuivre et de pierres dures.

344 — La mise au tombeau.

345 — Deux bustes d'empereurs romains; peinture sur cuivre.

346 — Un sacrifice; dessin au bistre.

347 — Quatre petits médaillons : les bustes de la Vierge et l'ange Gabriel.

348 — La Vierge et Jésus.

349 — Jésus bénissant.

350 — La Vierge et l'ange Gabriel.

351 — L'ange Gabriel.

ÉCOLE PRIMITIVE DE SIENNE

352 — La Vierge et l'Enfant Jésus.

353 — Sainte Catherine.

354 — Sainte Agathe.

ANCIENNE ÉCOLE VÉNITIENNE

355 — Saint Jean debout tenant la croix.

ÉCOLE HOLLANDAISE

356 — Petit médaillon : portrait de femme.

ÉCOLE ALLEMANDE

357 — Deux têtes de vieillards dans la manière de Rembrandt.

358 — Intérieur : vieillard chez une courtisane; effet de lumière.

ÉCOLE ESPAGNOLE

359 — Portrait en buste d'un personnage espagnol.

INCONNUS

360 — Cinq peintures anciennes.

361 — Plusieurs gravures anciennes; quelques-unes par Wille, d'autres d'après Raphael, etc.

MEUBLES COURANTS

Lits, Commodes, Tables en acajou, Canapé, Chaises, Fauteuils en palissandre couverts en velours grenat, Siéges divers, Meubles de cuisine, Literie, Ustensiles de ménage, Linge de corps et autre, etc.

VINS FINS ET ORDINAIRES

Vin rouge de Bordeaux ordinaire.

Vin rouge de Beaujolais.

Vin rouge de Bourgogne.

Vin rouge de Château-Lahaye.

Vin rouge de Médoc.

Vin rouge de Muscat.

Vin rouge de Mercurey.

Vin rouge de Château-Léoville.

Vin blanc de Sauterne.

Vin blanc de l'Ermitage.

Vin de Chambertin.

Vin de Marsala.

Vin de Champagne.

Liqueurs.

RENOU et MAULDE, imprimeurs de la Compagnie des Commissaires-Priseurs, rue de Rivoli, 144. 52996

www.ingramcontent.com/pod-product-compliance
Ingram Content Group UK Ltd.
Pitfield, Milton Keynes, MK11 3LW, UK
UKHW020527180726
13839UKWH00005B/2362

9 782329 381671